Punto cero

Cuentos de Ana

Punto cero

© 2015 Yuleidy González Suárez

Todos los derechos reservados.

Edición y diseño: Yuleidy González Suárez

Ilustración de cubierta: Flávia Sofía Marques

ISBN: 978-0-9939697-2-0

ÍNDICE

LA MADRE

La costumbre de alzarse antes que el sol le regalaba los únicos minutos consigo misma en toda la jornada. Despacio preparó la cafetera: rellenó el embudo con aquel polvo fraudulento, resistiendo la tentación de cernirlo para liberarlo de tantas impurezas, restos de leguminosas que hacían estallar las cafeteras del vecindario. Dispuso la proporción exacta de azúcar en el jarrito de siempre y colocó los tres panes muy cerca de la llama, para humanizarlos.

Sin perder de vista la bomba, abrió el escaparate y sacó los tres uniformes correctamente planchados. Primer nudo en la garganta. Deslizó la mano por la camisa más grande y repasó delicadamente cada uno de los botones. Sabía que estaban bien cosidos; pero de cualquier modo era mejor cerciorarse: no todos los días su hijo mayor recibía un diploma por haber ganado la competencia municipal de ajedrez. ¿De dónde le vendría la inteligencia a ese niño? Ella era medio lenta y hasta donde podía recordar, el padre nunca fue capaz de concentrarse en otra cosa que no fuera la botella de alcohol. Cómo y dónde había aprendido su Josué a jugar ajedrez, constituía un misterio. Lo cierto es que recibía muchos elogios aquel niño de once años que apenas hablaba; el mismo que con toda naturalidad, había ocupado en la casa el lugar del padre ausente.

En su cama tendió los tres hábitos con las pañoletas: dos azules y una roja. Sintió el movimiento en la habitación contigua y los quejidos de los dos hijos menores, que ya iniciaban su jaleo matutino de empellones y codazos por entrar al baño primero. El mayor comenzó a vestirse en silencio. Siempre iba el último al baño, pues podía asearse sin estropear la ropa escolar. Un silbido le avisó de la posible catástrofe y corrió a la cocina, donde ya su madre retiraba del fuego la cafetera-bomba.

Minutos después se sentaban los tres a la mesa. Desde la despensa, la madre los vio abalanzarse sobre los panes y la jarra de refresco instantáneo. Observó los zapatos de su hijo mayor, remendados al punto de no reconocer en aquella piel hollada trazas de lo que fuera el calzado original. Sus ojos anegados fueron de los parches al magro desayuno, mientras tomaba las dos bolsas de leche en polvo y con el corazón encogido las hacía desaparecer, intactas, en la bolsa del diario bregar.

Listos los niños, caminaron hacia la escuela. Ella, como cada día desde el inicio de los tiempos, salió a hacer las vueltas. Hoy, a las cinco de la tarde, quinientos pesos comprarían un par de mocasines para su primogénito. Había ahorrado doscientos y con la venta de las dos bolsas de leche, sumarían cuatrocientos pesos. El resto lo conseguiría ese mismo día, de alguna manera.

Caminó la Habana Vieja completa para vender su leche. La vecina que alquilaba habitaciones a extranjeros solo le compró una bolsa, a pesar de haberle encargado las dos con casi quince días de antelación. Con los pudientes no había remedio: cuando decían que no, era no y punto. Hasta la próxima entrega.

Contrariada, tomó los cien pesos. No sabía que muy temprano en la mañana, otra madre desesperada se le había adelantado en el negocio. La competencia y la especulación crecían como lava ardiente en la oquedad de un cráter social que no acababa de estallar. Solo acumulaba más presión, cocinando lentamente a cuantos se apretaban dentro. Algunos, como el lechero, solo sentían el vapor. Él podía comerciar con grandes cantidades y abastecer su alacena. Ella, en cambio, tenía que vender la leche de sus hijos para comprarles zapatos.

Arreció el paso; la bolsa restante apretada contra

su pecho. Habría que buscar alternativas para reunir el dinero que necesitaba. Era más de mediodía y la madre, sin probar bocado, tocaba las puertas ofreciendo su leche. Vaya, te la dejo en ochenta. Nada. Marchó a casa de otros clientes que le confiaban ropa para lavar y planchar. Lo siento, a mi hijo no le dieron pase esta semana. No, ahora no tengo; mi esposo sigue trabajando en Cienfuegos. La ropa que tengo puedo lavarla yo.

Una negativa tras otra. Ella no podía más. Ciega de hambre, desesperada, se detuvo ante una de las carretillas que ofertaban frutas, vegetales y viandas a precios criminales. Los productos estaban hermosos, como si en aquel armatoste de madera con cuatro ruedas se hubiese refugiado la más generosa de las estaciones. La madre quedó embelesada ante la alegría de los contrastes. Sintió cómo su paladar se excitaba mirando las frutabombas abiertas, las habichuelas en su verdor y consistencia naturales, los mazos de lechuga y acelga rociados de frescor, pregonando una exuberancia acentuada por la vecindad de mangos multicolores, platanitos moteados, mameyes como nunca los comiera en su vida, tan maduros que parecían estremecerse al más leve contacto; tomates panudos… Y las malangas sin los pegotes de tierra que las deslucían y añadían gramos falsos al peso de los compradores. Eran las malangas más hermosas que hubiese visto, tan tiernas y rosáceas que sintió deseos de ser un bebé para darse los atracones que preparaba la abuela...

Los vahídos la obligaron a sentarse en un zócalo desierto, donde antaño se erigía una farola. Pensó en su hijo mayor para ignorar la garra implacable que le descuartizaba las tripas. Delante de sus ojos percibió la delgada figura sentada en medio del aula, con los pies vueltos hacia adentro para esconder la pobreza de sus zapatos. La madre sintió toda la culpa del mundo por no ser lo suficientemente capaz. La proximidad de un desmayo la aterrorizó y con más fuerza aferró la bolsa de leche. En algún momento de aquella mañana improductiva, había rebasado el límite de su cordura.

Por la Calzada de la Reina un camión de pasajeros se acercaba zigzagueando a exceso de velocidad. Como una autómata la madre se levantó. Dio un paso; luego otro y otro más... Una quietud desconocida aligeró su cabeza agobiada y relajó su cuerpo. La bolsa fue resbalando en su seno. Un bocinazo frenético le advirtió del pronto desenlace y se tornó más intenso el deseo de abandonarse. Miró hacia el camión que se precipitaba en la vía, como en un rápido movimiento de cámara. Y justo en un borde periférico de la que habría sido la última instantánea de su vida, divisó tres siluetas que se aproximaban por la Calzada del Monte.

De inmediato, la madre reconoció el peligro. El camión de pasajeros pasó ante sus ojos traqueteando amenazadoramente. Con todos los sentidos alerta, buscó a sus hijos. El mayor, en su rutina de árbitro, intentaba controlar las trifulcas de los hermanos. Una voz autoritaria melló el griterío de los párvulos, que cesaron en su reyerta. Desde la acera opuesta, la madre les indicaba que miraran hacia los lados antes de cruzar. Tomados de las manos, llegaron hasta ella y los más pequeños la abrazaron. El mayor se mantuvo a distancia, observándola con los ojos arrasados de pánico. Ella sonrió. Hijo, vamos a tener que pedirle un plazo a la señora de los mocasines. No he podido vender esta bolsa.

Por toda respuesta, el niño sacó de un recóndito bolsillo en su mochila, el diploma de campeón municipal de ajedrez y quinientos pesos mondos y lirondos. La madre recuperó su severidad. ¿Y este dinero? Es que anoche soñé contigo y le puse al 33 el dinero de la merienda. Salió fijo.

La madre suavizó el rictus y atrajo a su hijo hacia sí. Felicidades por tu diploma. Estás castigado, susurró mientras le acariciaba los cabellos y ajustaba la pañoleta. El niño no pudo soportar la mirada de gratitud de su madre. Asintió y bajó los ojos.

De camino a comprar los zapatos, pasaron por donde estaba la carretilla de las agrodelicias. ¿Cuánto cuestan? preguntó, señalando los mameyes. Veinticinco pesos o un cuc. La madre sintió el golpe en pleno pecho. Titubeó. El comerciante se dejó ganar. Con mano diestra agarró un cuchillo y abrió el mamey más grande. ¿Quién va a tomar batido esta noche? Los tres niños sonrieron al ver el mamey coloradito, con su textura robusta y abundante.

La madre no podía recordar la última vez que hiciera batido. Convencida, guardó la bolsa de leche, pagó los veinticinco pesos y fueron a buscar los zapatos. Los más chicos iban delante, tironeándose el uniforme que ella tendría que coser una y otra vez. A su lado, el hijo mayor caminaba en silencio. ¿Estás triste porque te he castigado? Él movió la cabeza en señal de negación. La madre sabía.

¿Por qué le pusiste el dinero al 33 y no al 82 que también es madre? preguntó de súbito. El niño se encogió de hombros y ese fue el final de la conversación. La madre nunca admitiría que había intentado matarse. El hijo jamás le diría que había jugado el 33 porque la noche anterior soñó que ella moría.

LA COOPERATIVA

Eran tres, sentadas a la puerta del edificio de siempre, en la esquina de Obispo y Compostela. Tres espaldas descubiertas, tres sayas extra cortas, tres pares de ojos atentos a la hora de la esperanza. Iban de caza. Con el horario de invierno era más fácil. Oscurecía temprano y los pícaros turistas se acercaban a la Habana Vieja, buscando historias para contar una vez regresados a sus tierras frías. Algunas de esas historias no se relataban, como la de esta noche.

En el bar de la esquina no cabía un alma. El combo de música tradicional había contratado a un arreglista capaz de realizar versiones soneras de los clásicos de la música anglosajona. Los ingleses tomaban el casco histórico para beber mojitos, mirar con disimulo a las nativas circundantes y disfrutar de la celebérrima *Smoke on the water* convertida en un mambo macho, arrollador, con

9

intermezzo de jazz para los más exigentes. Como nunca, la esquina de Obispo y Compostela se abarrotaba de clientes y transeúntes seducidos por las canciones antaño demonizadas, ahora jerarquizadas en el repertorio musical de "lo cubano contemporáneo".

El policía de la esquina les advirtió que sus congéneres de rango andaban buscando relleno para los calabozos. Agradecidas, las mujeres decidieron mantener un perfil discreto. Los jefes también eran corruptos, pero cobraban su diezmo en efectivo. No como aquel infeliz que hacía la vista gorda a cambio de leche en polvo, aceite, un par de zapatos, algo de ropa... cualquier cosa que le permitiera estirar un poco más su misérrimo salario.

Dejaron pasar un par de horas sin prisas, meneando el esqueleto con aquellos tumbaos antológicos, sin entender una palabra de lo que cantaban. Era bueno el negocio, a pesar de todo. Tener sexo con extraños podía ser una experiencia muy desagradable, pero entre las tres resultaba llevadero. El tipo de cliente también ayudaba: casi siempre hombres mayores, que se hubiesen conformado con una sola mujer, pero no rechazaban la oportunidad de sentirse viriles ante tres ejemplares de color local. Procedimiento expreso: tras el ritual de bienvenida, tragos, música y acomodamiento, con veinte minutos de *voyeurismo* y felación el vetusto se ponía tan excitado que el resto sucedía en un pestañazo. En una *soirée* exitosa cada una obtenía 50 cuc por apenas dos horas y ninguna terminaba cansada; así que se permitían otra corrida. Algunas veces regresaban a casa temprano en la madrugada, con beneficios equivalentes a cinco veces el salario promedio en Cuba.

Pero la mayor ganancia de la cooperativa era que se cuidaban entre sí. Desde que las tres constataran la efectividad de las palizas de Koki, el padrote del centro histórico, decidieron que no les volverían a poner la mano encima, ni él ni ningún otro. La única oportunidad de sobrevivir en el oficio era asociarse: un chulo siempre se atrevía con una mujer, pero nunca con tres a la vez y armadas.

La cooperativa del tres por uno llevaba algunos meses de exitosa práctica y su ejemplo se había extendido por toda la Habana Vieja, hasta zonas del Vedado y Miramar. Lo que comenzara como una tentativa de autoprotección se había convertido en una empresa itinerante y Ayamey, la ideóloga del movimiento, se había propuesto secretamente empoderar a las prostitutas de la Habana para hacer la guerra a los abusivos proxenetas que no les daban tregua. A fin de cuentas, la gloriosa villa había crecido, en tiempos de los españoles, a manos de contrabandistas, meretrices y delincuentes de toda laya. Durante la estancia de la flota, la Habana colonial se convertía en un garito donde todo el mundo jugaba, templaba, mataba y moría sin mayores trámites. El dinero corría, contante y sonante. Pero sin aquellas mujeres de vida fácil que trabajaban de sol a sol, la mítica flota no habría sido más que una caravana de tristes marineros, desesperados por hacer velas hacia la América Continental, donde había oro en trozos, nada de pepitas, y burdeles de categoría.

En el siglo XXI, como en el XVI, la ciudad continuaba en manos de delincuentes ahora integrados, más corruptos cuanto más encumbrados. Pululaban las fulanas, los chulos y contrabandistas; pero solo las primeras sufrían violencia, por parte de los otros y de la policía. Ahora las cosas cambiarían: los celestinos tendrían que conformarse con las pirujas nuevas que llegaban de Oriente, y la policía tendría que negociar los beneficios directamente con las cooperativas, sin intermediarios. Si en tiempos de la colonia algunas prostitutas soltaron prenda y partieron a Nueva España en cuanto reunieron una suma considerable, Ayamey pensaba quedarse y echar adelante su sueño. La marcha acelerada hacia el capitalismo insular terminaría por legalizar el negocio del sexo. Solo era cuestión de tiempo.

Pasadas las diez comenzaron a inquietarse; no caía nada en las redes. Se habían trazado los objetivos del plan de diciembre: dos o tres corridas por semana serían suficientes para pasar el fin de año como Dios manda, además de pagar el alquiler, hacerse la keratina, ponerse las uñas y comprar lo que le hiciera falta a sus errores en edad escolar.

Ayamey fue a la esquina y oteó el *boulevard* en ambas direcciones. Cero posibilidades. La opción de recogerse a sus casas se vislumbraba como la única viable cuando un hombre se acercó, y con un acento totalmente alcoholizado les hizo algo parecido a una pregunta. Las tres lo miraron y a punto estuvieron de negarse al unísono: aquel tipo era, con mucho, lo más decrépito que habían visto en su vida. Cojo, tan arrugado que aparentaba unos noventa años, con ralos mechones anaranjados que colgaban sobre sus cejas y orejas. Algo horrible de ver.

Ayamey no pudo contener una mueca de asco. Las otras dos, no obstante lo repulsivo de aquel adefesio, comenzaron a ver claramente las ventajas de la situación. El cliente se bamboleaba trago en mano, los ojos colgados de las enormes tetas de Rita, una negra opulenta con el pelo muy lacio y rubio, y parecía interesado en el paquete completo.

Como en todas las cooperativas, las decisiones se tomaban por unanimidad o por mayoría. Era obvio que Ayamey tendría que acceder. Ya sabía que para ser puta había que tener estómago, pero aquello le parecía demasiado. No iba a entregarse sin dar guerra.

-Tri for uan —ofreció Magaly en su inglés

lastimero-. Uan jondri and...

-Three hundred. Take it or leave it -zanjó Ayamei, desafiante.

El hombre sonrió, mirando a la mulatica que parecía tener espuelas y hablaba un inglés muy aceptable.

-Yes, yes. Whatever you want –aceptó y echó a andar.

Las mujeres siguieron al espantajo tambaleante hasta doblar en la esquina de Amargura. Sorprendida de que su contraoferta fuera tan bien recibida, Ayamey olvidó los malos presagios sobre el tráfico carnal en esa calle que antes de 1959 viera crecer muchos burdeles y no pasaba semana sin que al menos una prostituta muriera violentamente en una trifulca, o por cuenta de algún proxeneta. Con esos truenos había decidido que jamás templaría en Amargura, y su superstición fue castigada a puñetazos el día en que se negó a servir a un turista francés, hospedado en una vivienda de la calle maldita. Koki la dejó tan desbaratada que cuando salió del hospital estaba resuelta a aliarse con otras compañeras de lucha.

Y helas las tres, subiendo por una escalerilla sórdida donde no había señal alguna que indicara un sitio de alquiler. Prácticamente tuvieron que cargar al galán para llegar al apartamento. Lo lanzaron a la cama, no sin antes hacer con los dedos el gesto inequívoco que reclamaba el pago por adelantado. El tipo tiró de su bolsillo y sacó tres billetes de cien libras esterlinas que colocó en la mesita de noche con mucho embrollo de manos, como si de un truco de magia se tratara.

Long live the Queen!!! pensó Ayamey. Sería la noche más rentable de su carrera. Y con tan poco esfuerzo. En un par de horas aquello estaría matao. Un bar muy bien provisto y música, mucha música para aturdir a aquel inglés lujurioso que estaba forrado en plata, y más próximo a los brazos de Morfeo que a la bacanal. Mucha música que no las dejó escuchar el ruido de la puerta al abrirse para dar paso a un hombre.

Las dos compañeras de lucha rodaron por el suelo, con los rostros magullados y procuraron arrastrarse hacia la puerta. El turista, en calzones, miraba azorado a aquel blanco tatuado que podría pasar por un *gentleman*, con la vestimenta adecuada, claro.

-Don´t, don´t... –balbuceaba, lívido de terror al ver el enorme cuchillo de carnicero salir de una faja en su cintura.

Pero para su sorpresa, el sujeto avanzó hacia la muchacha que quedaba en pie, con su saya corta y su dominante busto realzado por un sujetador, que a la luz amarillenta de la lámpara de mesa parecía de color purpurino. Ayamey supo desde los primeros compases que esa sería la última vez que ella y Koki tendrían rollo. Al mismo tiempo tuvo la certeza de que no saldría viva porque el tipo no había venido a cobrarle por haberlo dejado, sino el haber incitado a la rebelión. Retrocedió dos pasos hasta alcanzar su bolso, sin perder de vista al guapo que permanecía en su sitio, con la calma de quien sabe que la suerte está echada. Ella también lo sabía, pero extrajo un punzón y avanzó con el miedo escondido tras una rabia largamente apaciguada.

Tras un agotador forcejeo, Koki la agarró de espaldas y hundió la hoja varias veces en su estómago: una puñalada por cada cooperativa que habían hecho las mujeres de la Habana Vieja para malearle el negocio. Ella aguantó un aullido de dolor y le clavó una mordida en el antebrazo que casi la estrangulaba. Koki aflojó la mordaza. Ayamey, teniendo el punzón de reverso, lo clavó en el muslo del agresor. Al sentirlo trastabillar se volvió, y antes de caer al suelo enterró el arma en el ojo de la serpiente que pulsaba justo en la carótida del chulo.

Lo último que pasó ante sus ojos fue la pugna entre Rita y Magaly por las libras esterlinas. Y una imagen de sí misma, que no era ella, de pie, contemplando dos cuerpos anegados en un charco de sangre que crecía como onda expansiva, inundando la habitación donde el lord inglés vomitaba y pedía ayuda con una voz rajada, entrecortada por el pánico.

LA VERDAD

Eli despertó muy temprano y fue a mirarse en el espejo. Lucía fatal. Las ojeras no habían disminuido y sentía su cuerpo cansado, como si hubiese caminado demasiadas horas bajo el tórrido clima insular. Pasó revista mentalmente a lo que sería su día de hoy y estuvo tentada de inventar una excusa: gripe, dolores menstruales, mareos cervicales por permanecer tanto tiempo ante el ordenador, sentada en la silla ortopédica de su oficina. Rebuscó en los anales de las mentiras anti-laborales y sintió pena de sí misma. De cualquier modo ya imaginaba las respuestas de su jefe para cada uno de sus males. ¿Tienes gripe? Tómate un kogrip, que es remedio santo para todos los muermos. Mi esposa tiene unas pastillas de afuera que son una maravilla para los dolores menstruales. ¿Mareos de la cervical? Aquí hay meclizine, ven pronto y te alivias enseguida. Es más, si no puedes venir te voy a buscar…

Cualquier cosa haría su jefe para no prescindir de ella hoy, así que sacó fuerzas de su propio hastío y se metió en la ducha. Por más que trataba de no pensar, su cabeza no paraba de darle vueltas a la larga jornada que tenía por delante con su jefe y el artista alemán, al cual debían recoger primero en el hotel, para luego ofrecerle un extenuante recorrido por la gloriosa y nunca bien ponderada ciudad de La Habana.

De nuevo ante el espejo se maquilló, con especial atención a las ojeras expresionistas que conferían a su rostro una apariencia blackmetalera. Machacó granos de arroz hasta obtener un polvo ligerísimo que mezcló con unas onzas de crema de buena calidad. Esparció la pasta delicadamente por todo el cutis. Delineó en color negro el borde de sus ojos, pintó sus labios y se recogió el cabello en una cola sencilla que dejaba al descubierto las perlas auténticas que recibiera como regalo de cumpleaños. El resultado fue una geisha tropical, que apostó por un jeans, camiseta y calzado tipo *ballerinas* para al menos sentirse cómoda durante la caminata.

Satisfecha, salió en busca de un taxi para llegar puntual a la cita. Diez minutos después que ella, llegó su jefe con la sempiterna camisa a cuadros rojos, un jeans antediluviano y la carpeta negra debajo del brazo: el módulo textil del atareado cuadro político que hoy, con mucho esfuerzo debido a sus numerosos compromisos de trabajo, dedicaría unas horas para mostrarle al artista alemán la ciudad donde se celebraba la segunda Bienal más importante de América Latina. Pidió que avisaran al extranjero y emitió un bufido de cansancio, como si hubiese venido corriendo desde su casa. Un instante luego, ambos estrechaban la mano del alemán y Eli comenzó su arduo oficio de intérprete en idioma inglés, pues su jefe no sabía ni para el protocolo. Seguro de la disposición y creatividad de Eli, el dirigente no había conformado una agenda para la jornada, así que andarían por las calles de la villa, a la buena de Dios. Pero lo primero, de más está decirlo, sería visitar el Centro de Arte Contemporáneo.

La institución no era un museo, pero lucía tal cual. No había nada en ella que sugiriera la presencia del arte contemporáneo, excepto una exposición transitoria ubicada en una sala remota del segundo piso. Mientras el dirigente se deshacía en explicaciones acerca de la historia y los propósitos del Centro desde su fundación, allá por la década de 1980, Eli traducía sin apenas respirar, corrigiendo sobre la marcha los errores de expresión y sintaxis de su jefe. El alemán asentía mientras contemplaba el lobby vacío, las paredes estériles, el patio clamando a gritos por alguna obra que proscribiera su desnudez colonial y dos o tres empleados huidizos que apuraban el paso entre las galerías del inmueble y el restaurant contiguo, donde gracias a múltiples expedientes ilegales, calzaban con unos pesos de más su salario del mes.

Desconcertado por la incongruencia que le rodeaba, el artista interrumpió al dirigente para decirle que quería conocer Cuba, *the true Cuba*. Hombre, no faltaba más, sonrió él y lo llevó del brazo hasta La Bodeguita del Medio. El alemán se sintió atraído por el jolgorio, pero aquel espacio de eterno jubileo en clave de son le ofreció únicamente personajes pintorescos: un ciego cantor de boleros a cambio de la buena voluntad monetaria de los turistas; dos señoras viejísimas, que cobraban por cada fotografía como si fueran *top models* pintarrajeadas para carnaval, con los grotescos agregados del tabaco en la boca y la flor en la oreja; mulatas meneándose, maracas en mano, para promocionar su negocio de venta de instrumentos de música tradicional, y comerciantes de cuanto pudiera interesar a un turista en materia de cubanía.

Pero estos seres eran puro ornato. Iban allí cada día para brindar su performance e intentar ganar algo, cualquier cosa: desde el codiciado cuc hasta un mojito gratis. Lo que el artista quería ver se hallaba en otra parte, no lejos de allí. Y salió a buscarlo. Caminando solo giró en la esquina de Cuba y Empedrado. Eli lo seguía a distancia, observando a su jefe que se había empantanado en una discusión con su madre a través del celular. Vio al alemán desaparecer en un solar y se le pusieron los pelos de punta. Le hizo señas a su jefe y echó a andar rumbo al sitio en cuestión. Allí lo encontró, cámara en mano y flash, flash, flash a la escalera derruida, los balcones en precario sostén sobre muletas de madera roídas por el comején, un hilo pestilente de agua albañal, hacinamiento, suciedad, miradas aviesas y malos modos incluso con él, que diez años atrás fuera recibido como un Mesías en otro solar similar, ubicado en el lado no turístico de La Habana Vieja.

De una ojeada, el dirigente comprobó que el alemán estaba entero y prosiguió en su diatriba. Eli se mantuvo aparte mientras el extranjero documentaba la miseria habanera. No se aventuró hacia el piso superior por la peligrosidad de la escalera y porque desde lo alto varios pares de ojos le hicieron notar que no eran bienvenidos. Salieron.

El dirigente, muy subido de tono, le advertía a su madre que el arreglo que quería hacerse en la peluquería no podía exceder los 40 cuc, carajo. Iracundo, puso fin a la conversación y trató de relajar sus homínidas facciones con una sonrisa. Eli calculaba que la sesión de peluquería de la madre de su jefe equivalía a casi tres veces su salario de un mes.

¿Cómo la gente puede vivir así? inquirió de repente el artista. Eli tradujo. El dirigente sacudió la cabeza como si no entendiera. Silencio. ¿Por qué no hacen una revolución? volvió a preguntar el alemán. El primer impulso de Eli fue no traducir;

pero por muy corto de luces que fuera su jefe, entendió la palabra. Descolocado, el dirigente balbuceó y miró a Eli buscando una respuesta a la altura de las circunstancias. ¿Yo? pensó la muchacha, de eso nada, ni con garantías constitucionales. Ante preguntas similares lo recomendable es abstenerse de opinar y permanecer indiferente. Sin embargo, la interrogante no dejaría de martillarle la sien el resto de la jornada, ni al otro día, ni al siguiente.

El artista continuó su marcha a lo largo de la calle Cuba tomando sus fotos. En el estómago del dirigente, la garra del terror consumaba estragos. ¿Quién era aquel sujeto? ¿Por qué habría preguntado tal cosa? ¿Para qué tantas fotos? ¿Y si estaba en contubernio con la disidencia? Tantos artistas cubanos inconformes y criticones... ¿quién dudaría que tuvieran compinches ideológicos en el extranjero? La paranoia conspirativa no le daba tregua. Pensó en antiguos colegas suyos que por confiados perdieron plaza y prerrogativas. Los artistas son veleidosos y les puede dar por cualquier cosa. Con ese asunto del activismo político, joden al que sea.

Respiró aliviado cuando el alemán giró hacia el *boulevard* de Obispo, que siempre ofrecía vistas más gratificantes. Le contrarió ver que dejaba la cámara en reposo para observar con mirada aburrida los comercios, bares, edificios restaurados... y el omnipresente folclor. Eli aprovechó los preciosos instantes de incómodo silencio para beber agua. Sus ojos iban del artista al dirigente. Ninguno de los dos parecía dispuesto a pronunciar palabra. Prosiguieron la marcha hasta la esquina de Obispo y Aguiar, donde una multitud les bloqueó el paso. El artista, curioso, preguntó a Eli a qué se debía tal concentración de gente. Con un rápido vistazo el dirigente captó la situación y en pocos, pero apremiantes segundos, se debatió entre decir la verdad u ofrecer una explicación que indudablemente produciría críticas, preguntas y comentarios tendenciosos por parte del artista; pero en modo alguno le daría oportunidad de alimentar la malsana intención que, pensaba él, ocultaba. De los males el menor, fue su sentencia. Se apresuró entonces a explicar que se trataba de la "fila" para acudir a las oficinas de telecomunicaciones con el propósito de pagar las facturas, adquirir tecnología móvil de punta, contratar el servicio de correo que el estado generoso brindaba a un precio irrisorio, o activar líneas para los nuevos portadores de celulares.

Una vez que hubo terminado esperó, apertrechado de argumentos contra-inteligentes, las objeciones del alemán sobre retrasos, problemas de organización, la supuesta tecnología móvil de punta y cuentas de correo electrónico supervisadas por el gobierno, una violación flagrante de los derechos humanos.

Pero como suele suceder, el dirigente rebasó la

línea del optimismo y es cosa sabida que más rápido se agarra a un mentiroso que a un cojo. La turbamulta que se agolpaba contra la fachada del *Ten Cent* de Obispo comenzó a agitarse, acalorarse y elevar reclamos por algo que el artista no alcanzaba a comprender. Cuando los clamores se convirtieron en ofensas y aquel tsunami humano retrocedió violentamente para dar espacio a un vocero que avisaba el final de la venta por agotamiento del producto, todos los ojos repararon en los compradores afortunados y despavoridos, que intentaban abrirse paso con dos, tres y más cartones de huevos en sus brazos, protegiéndolos de la avalancha.

Flash, flash, flash... una vez más el lente alemán registraba *the true Cuba*. Aunque no entendiera lo que gritaba la muchedumbre, un huevo es un huevo, aquí y en Alemania.

El dirigente, bañado en un sudor frío, tuvo que redoblar esfuerzos para no arrancarle la cámara a quien ya tomaba, sin lugar a dudas, por un enviado del enemigo. El artista se volvió hacia Eli, muda de impresión ante el espectáculo, sopesando los caprichos del azar que hoy parecía empeñado en desvelar, ante la ávida curiosidad del visitante, lamentables episodios del acontecer nacional. Haciendo caso omiso de la presencia del dirigente, el alemán arremetió a preguntas contra la muchacha, que solo pensaba en traducir para no verse en la obligación de responder.

Muy picado por el inasible discurso en inglés, el dirigente creyó percibir algo relacionado con los *human rights*. El detector de ideologías se disparó en el acto. Eli edulcoraba la realidad tanto como le era posible. Hostigada por su jefe, requerida por el artista, reparó en su propio rol dentro de aquella situación que le fuera impuesta. Bien mirado, no tenía la culpa de que aquel patético personaje fuera su jefe. Un hombre que delegaba constantemente, cuya incapacidad la obligaba a trabajar casi catorce horas diarias desde hacía un mes. Un lacayo en todo negado a reconocer los hechos, aunque estos le saltaran al cuello. Pero Eli no podía permanecer indiferente ante las observaciones del artista, so pena de parecer cobarde. A riesgo de cometer una imprudencia, acudió al remedio salvador que en tales casos es, invariablemente, la verdad.

Pero antes de colocarla en el ruedo, el dirigente, súbitamente inspirado les ordenó -sí, ordenó- que lo siguieran.

Veinte minutos más tarde subían en su carro la rampa del hospital Hermanos Ameijeiras. Una vez en el parqueo, con vista al mar y bajo la sombra proyectada por la imponente mole, descendieron todos y el dirigente, haciendo uso de la retórica más decadente sustraída de las catacumbas donde hibernaban los dragones ideológicos de la revolución, se deshizo en comparaciones entre la Cuba pre-revolucionaria, desangrada a manos de mafiosos y líderes corruptos, y la Cuba posterior a 1959. Con una verborrea casi intraducible para Eli, enumeró los logros de esa revolución que para el bien de todos construyera el hospital Hermanos Ameijeiras, a pesar de la enorme inversión que ello suponía para la naciente obra socialista. Sobre la traducción, Eli procuraba remediar la supina ignorancia de su jefe y explicar, sin demérito de la historia patria, que el inmueble en cuestión fue construido antes del triunfo de la revolución para propósitos financieros.

Mientras el dirigente se perdía en apologías y exageraciones, el alemán miraba hacia las calles circundantes. El panorama lo devolvió a la misma pregunta. Eli advirtió la estupefacción en su semblante y se calló. El dirigente continuó, tan sumergido en su entelequia que ni siquiera percibió que la joven no le hacía eco.

Eli sintió pena de sí misma. Ese era su jefe: un modelo prefabricado y esparcido por todos los rincones de la Isla. Para el artista solo quedaron La Habana y la joven que tan bien matizaba los disparates de un hombre investido por el poder para reducir el intelecto a patrimonio de unos pocos, prácticamente invisibles. Leyó la clara verdad en sus ojos, que relucían en un mar de polvo de arroz. ¿Cuál revolución en un país envejecido y rodeado de agua, donde la gente vive demasiado ensimismada garantizando la supervivencia, como para pensar con seriedad en un cambio?

En lontananza, el discurso se desvaneció. El artista emprendió la retirada seguido por el dirigente quien, satisfecho de su triunfo en la lid de la oratoria, insinuaba que era tiempo de almorzar. Eli avanzaba la última, lamentando en lo más vivo el no haberse quedado en Austria cuando concluyó su beca. Debió haber perseverado. A fin de cuentas, otros paisanos, menos listos, hallaron el modo de no volver.

PUNTO CERO

Traspasada la ilusión, hizo agua el corazón
y se hunde con lo que queda.
Me distraje en la estación, esperando salvación
de otro tren que no llega.

Tesis de Menta.

"Estamos en deuda con la historia", pensó Osmán mientras hacía girar una de las bombillas de la lámpara del recibidor y miraba, con el rabillo del ojo, la imagen de la obra de Marcelo Pogolotti, que parecía ser el objeto de interés de aquel programa artístico-educativo para estudiantes de secundaria. A horcajadas sobre la escalera, contó los meses que habían transcurrido desde su despido laboral, una tarde olvidable del mes de marzo. Casi un año después no lograba desprenderse de aquel recuerdo que emergía de las profundidades de su memoria en los momentos menos evocadores: haciendo el amor, chapeando,

29

alimentando al gato, durmiendo... La imagen de ti mismo, demudado y empequeñecido ante aquel absurdo auditorio que más parecía un consejo de guerra, todavía te ponía las manos frías, cubriéndote con un sudor de honra mancillada. Aún te revolvías incómodo, pero lo que más te molestaba era haberte ido sin agarrar a tu jefe por el pescuezo y propinarle unos buenos puñetazos. Ya que ibas a ser injustamente despedido, ¿por qué no te atreviste a romperle la cara a ese patán corrupto? Quién sabe. Lo cierto es que tu expulsión a causa de una queja -una crítica a la autocracia de tu decano- que hiciste circular en el gremio de humanistas, había pasado a los anales de la chismografía laboral habanera como un chanchullo de mal acabar. Ni más ni menos: el intento de un joven soberbio, impaciente por serrucharle el piso a sus superiores.

Si los cubanos hubieran mantenido la tradición de rebelarse en serio cada treinta años, la historia patria habría cambiado en la década del ochenta y probablemente su vida sería otra, pensó Osmán. Varias veces habían estado al borde del colapso, pero inexplicablemente las fallas detenían su agitación y se restauraba la calma para maquillar de nuevo la falacia del poder constitucional. "Por poquito", decía su tío rememorando aquel momento de 1994 en que la marea saltó sobre el muro con una fuerza que pareció definitiva, para remover los residuos de una indignación sepultada por la pasividad y el miedo.

"Sí, pero de poquito en poquito no se puede", le había respondido su esposa mientras recogía las últimas pertenencias antes de salir hacia el aeropuerto y volver a Miami. "Esto no hay quien lo aguante. Aquí ni con dinero encuentras lo que buscas. ¡Qué poquito ni que nada Gustavo! ¿Tú no te das cuenta de que esto es fachada nada más? Ahora dicen que todo está cambiando porque tu casa y tu carro son tuyos de verdad. Si esto no se cayó en el 94´, se va a quedar como está. ¡Parece mentira que a estas alturas caigas en ese embuste! ¡Precisamente tú, que te recogieron en alta mar y te llevaron a la Base Naval de Guantánamo, acalambrado de tanto remar! ¡No me jodas!"

Por aquel entonces, previo a tu debacle, no estabas totalmente de acuerdo con ninguno de los dos, pero te divertías con sus disputas en las que, cuando las cóleras de tu tía lo permitían, mediabas con argumentos que los dejaban turulatos. Según tú, ambos, tía y tío, se habían ido motivados por una realidad antropológica: el hambre. Pero sabías que tu tío era un nostálgico empedernido, que se habría quedado en Cuba cortando caña por millares si le hubieran prometido de nuevo, esta vez de verdad, un futuro luminoso donde pudiera jugar dominó en las noches bajo el farol de la esquina, saboreando a pico de botella un litro de Havana Club y cazando por la ventana abierta de algún vecino imágenes de los play off de la pelota cubana, sin tener que preocuparse por la comida de mañana. Gustavo nunca quiso irse, esa era la pura verdad. Fue el último en decidirse bajo la presión de dos ultimátums: el agrio juramento de Naty, su esposa, de meterse a puta para alimentar a sus dos hijos y el gruñido destemplado de sus tripas, asediadas por la prolongada hambruna. Solo por eso acometió, hombro con hombro junto a sus hermanos y cuñados, la compra y acondicionamiento de cuatro balsas para hacerse a la mar…

Tiempo después, cuando tu tío venía, hablabas mucho con él sobre Cuba y Estados Unidos, y las crudas verdades del más allá que eran, según tu tía, más soportables que las verdades del más acá. "Para empezar, sentenciaba Naty, lapidaria: en el más acá no hay ninguna verdad. Nunca la hubo. Esta es la falacia más grande después del campo socialista".

Tú no creías que la cosa fuese tan dramática. Te sentías imbuido del nocivo idealismo adquirido en esa carrera pseudoburguesa y elitista, que clarificó para ti un futuro tan distinto del de los chicos de tu barrio. Creías firmemente que reorientar los intereses del humanismo y comprometer a los intelectuales en una verdadera transformación social, sería suficiente para vencer la inercia y colocar nuevamente a Cuba en el esquivo camino del progreso y la democracia. Así sin más, ¿no? Ahora que lo ponderabas con ese pragmatismo que colonizó tu pensamiento el día mismo en que te viste de patitas en la calle, tu proyecto no fue más que un sainete. ¿De veras habías deseado transformar Cuba o solo querías hacerte notar?

Algunas veces, siendo un recién graduado, te sentías impulsado a concordar con las rotundas afirmaciones de tu tía; pero creías que la virulencia contenida en cada apostilla denigrante sobre Cuba, era producto de aquel oscuro zarandeo en que vivieron millones de compatriotas durante los años del Período Especial. Sí, porque definitivamente, Cuba tenía sus cosas buenas. Al menos a ti te iba bien. Tenías buenos amigos, una novia muy superior a tu merecimiento y un puesto de trabajo por el que hacían fila decenas de pasantes como tú, aprendices de burgueses, según tu madre. En pocas palabras: eras un joven privilegiado, al que auguraban un regio futuro en el Olimpo, purgado ciertamente, pero Olimpo al fin y al cabo, de la intelectualidad cubana. Gracias a esos augurios, que con certeza se cumplirían al pie de la letra, te habías vestido elegantemente para acudir a la entrevista en la Oficina de Intereses y declinar la petición de reunificación familiar, solicitada por tu padre desde los Estados Unidos, con un contundente argumento: "tengo mucho que hacer en Cuba. Este es mi país y aquí quiero vivir".

Aunque tu madre conocía tus intenciones, hasta el último momento conservó la magullada esperanza de que entraras en razón y aceptaras la visa. Pero persististe en tu negativa y empleaste el resto de los tres meses que faltaban para la partida, consolándola y explicándole que tu decisión obedecía a no sé cuál despertar de las ciencias sociales en Cuba, en un futuro muy próximo, y a la necesidad de vertebrar una antropología del arte cubano hecha por autores cubanos... Fuiste enredando la perorata hasta convencerte a ti mismo de lo que en modo alguno podía ser verdad. ¿Cómo iba a ser posible en el siglo XXI, bajo los azotes de una crisis permanente -global y local-, con la utopía pulverizada, lo que no se hizo en los años sesenta?

Una sombra delante de la verja lo sacó de sus cavilaciones. La Mechu, haciendo pantalla con la mano sobre la frente, lo saludaba con una sonrisa. Le hizo señas de que entrara. La muchacha se acercó, subió algunos peldaños de la escalera y le plantó un beso sonoro, relamido en la mejilla.

-¿Estás solito?- inquirió, maliciosa.

Le devolviste una mirada regañona. La Mechu no cejaba en sus intentos de seducirte; pero desde que se fuera tu antigua novia, había recrudecido el asedio. Con un ademán coqueto, esponjó su cabello recién hecho y perfumado.

-¿Te gusta? Hoy trabajo en la valla de gallos, tengo que ponerme kuki1. Voy a doblar turnos con La Tíntiri. Vendrá mucha gente.

Osmán sintió que perdía el equilibrio allá arriba.

---

[1] Muy linda.

Qué muchacha. No podía evitar sentirse incómodo con sus lances. Se conocían desde niños. Antes de emigrar, su hermana y ella habían sido cúmbilas en toda suerte de tretas. ¿Pero era de veras ese motivo, bueno para novelitas, lo que te hacía rehuir sus zalamerías? A pocas semanas de tu despido, tu novia te abandonó. Se hartó de ti, de tu egocentrismo, tus soliloquios, tus proyectos, los únicos sobre los que valía la pena conversar. Dos fracasos consecutivos, devastadores. Casi pierdes la razón cuando, añadido a la gran humillación que estabas lejos de asimilar, llegaste a casa y la encontraste desesperadamente solitaria. La conciencia de tu abandono sobrevino, de golpe, el día en que te diste cuenta de que no quedaba nada de la mujer con la que habías compartido siete años de tu vida. Ni bragas, ni un libro, ni un adorno para el cabello. Silencio.

Pese a todo, tu resistente orgullo se las había ingeniado para enviarte señales equívocas. Durante los días sucesivos a su partida conservaste la timorata fe, materializable solo en películas domingueras, de que una tarde la verías aparecer. Porque en aquel momento, cuando te viste solo, la valoraste y sentiste el peso de tu propio egoísmo, de tu insensibilidad, de esa soberbia que, cada vez con más frecuencia, te había hecho comportarte como un carismático cretino. Una soberbia a la cual tú mismo, con una imprudencia monumental, pusiste coto. Entonces conociste lo que era esperar en casa, desolado y con el intelecto ocioso. Demasiado tarde.

Necesitabas compañía. Mantenías la casa limpia y recogida pese a haber sido un zángano mientras tuviste a tu madre cerca y después a tu novia; pero habías comenzado a hablar solo. Parecías un loco. He ahí tu mayor problema: la única necesidad superior a la de sentirte admirado, era la de socializar. Ni siquiera el sexo era para ti tan importante como poder conversar sobre los trascendentales asuntos que agitaban tu mente y tu espíritu. Un verdadero intelectual, ¿no te satisfacía abrigar, por fin, esa certeza? Quizás por ello ignorabas las ráfagas de deseo cada vez que tus ojos, incontrolables, retozaban sobre el cultivado cuerpo de La Mechu. Aquella muchacha no era contendiente para las lides sobre estética con que te gustaba preludiar a la hora del sueño.

Bajó con las cuatro bombillas. Tras sentarse en el extremo opuesto al que ocupaba ella en el sofá, las colocó en su regazo y comenzó a lustrarlas con esmero. Ni corta ni perezosa, La Mechu le soltó un piropo mientras su mano trazaba un descenso hacia el cordón que ceñía el pantalón deportivo a la cintura de Osmán.

-Chica, estate quieta —se defendió él, conteniendo aquellos dedos diestros como tentáculos.

-Mijo, ¿yo no te gusto? —preguntó entre ofendida y divertida.

-No se trata de eso. Pero no entiendo por qué esa fijación conmigo.

-Porque eres trigueño de ojos claros; cosa rara en estos tiempos. ¿Has visto cómo anda la oferta? Todo es negro retinto y ya sabes... hay que adelantar.

Con un gesto de aprobación hundió una mano en los cabellos de Osmán y plegó sus labios en esa sonrisa de mujer segura de sí. A él no le quedó más remedio que reírse. La Mechu era una joven ocurrente... y muy resbalosa.

-Si tanto te gustan los ojos claros, espera a la noche. De seguro vendrán muchos extranjeros...

-¿Me estás empujando a la prostitución?

A pesar del tono bromista, Osmán se sintió moralmente requerido y una oleada de vergüenza le calentó el pecho. Pero La Mechu, menos complicada, lo sacó de su embarazo:

-¿Por qué no vas a la casa cuando termine en la manicuri? No me mires así, chico, es en serio. Hay unos cables pelados en el motor del agua y Yulisán le tiene miedo a la corriente. Comprenderás que este cuerpo no puede desgastarse cargando el agua en cubos...

-Está bien —aceptó-, pero no te pongas salpicona porque me voy. ¿Estamos?

La Mechu selló el trato con otro beso, tan cercano a la comisura de los labios que Osmán sintió que se derretía. ¿Recuerdas cómo, cuando eran niños, ella se las ingeniaba para ocultarse contigo en el juego del escondite e intentaba manosearte? Mercedes Villavicencio, La Mechu, hija de padre desconocido y Reglita Yalodde, la alcohólica más connotada de la vecindad, había bordeado durante toda su vida el hervidero de las gentes ordinarias sin decidirse a caer en el molde. Las constantes borracheras de la madre provocaron que, desde niños, ella y su hermano Yulisán se las apañaran solos. Sin grandes traumas, según podías recordar. El período especial fue ostensiblemente cruel en los barrios pobres, pero Mechu y Yulisán encontraron amparo en casa de tu abuela, que no tenía corazón para abandonar niño alguno a su suerte.

Corrió el tiempo, en algo amainó la crisis y cada quien tomó su camino. La Mechu adolescente, cómodamente asentada en la endeble frontera racial que separa a las trigueñas de las mulatas de ley, se reveló como una de las muchachas más hermosas y beligerantes del reparto El Mirador. Pronto comprendió que ser mulata es un filón comercial, así que no tuvo el menor reparo en declararse como tal, aunque su cabello de naturales ondulaciones y sus rasgos fenotípicos la desmintieran ante el ojo experto. Concluyó el bachiller por si acaso, pues ya estaba bien enterada de que tenía justo lo necesario para triunfar en la vida. Comenzó a prostituirse poco después de cumplir los veinte años; al inicio con escasos resultados, producto de la inexperiencia y de la necesidad de acumular un capital que le permitiera adquirir los ajuares necesarios para escalar en la jerarquía del negocio. Pero luego las cosas cambiaron. La Mechu aprendió inglés y algo de francés, conocimientos que, agregados a su carácter de hembra salá, la mantuvieron inmune a la dependencia de los chulos. Gracias a su carisma, su educación y a una alcahueta de Centro Habana con excelentes conexiones en toda Cuba, no tuvo que hacer la calle. La vieja le conseguía buenos clientes a cambio de un porciento justo. Esta práctica planificada del meretricio había permitido a La Mechu conservarse maravillosamente y disponer a plenitud de sus únicos recursos: su tiempo y su cuerpo; franquicia que le prodigaba, además, la posibilidad de trabajar como dependiente en las noches de gallos, sin que la decisión le acarreara pérdidas o disgustos con socios indeseables.

Tantas veces te has preguntado qué habría sucedido si en vez de torcer tu destino empeñándote en entrar a la universidad, te hubieras conformado con tu sino de chico de barrio marginal. Si no te hubieses creído diferente, ¿mejor? que el resto, habrías asumido tu lugar en la calle, delinquiendo como todo el mundo, con más o menos sutileza y provecho según tus condiciones. Sabías que no se moja igual un dirigente del partido que un administrador, o un soldado raso, callejero, poseedor de todos los expedientes acumulados en una erudición de cloaca. Pero todos le han descubierto las grietas al sistema. Nada hay más sencillo y tentador que acomodarse en esas fisuras donde se vive bien, con la acechanza de la cárcel, que es siempre un riesgo a considerar, pero al menos se presentan opciones.

Nunca te gustó el barrio. Te esforzaste al máximo para que te dieran la beca que solo está disponible para los estudiantes de otras provincias y tu tenacidad tuvo frutos. El chico de San Miguel ganó su dormitorio con balcón al malecón habanero, en el centro de aquel Vedado tan urbano, tan moderno, tan chic a pesar de la revolución. La perspectiva de permutar tu casa por un apartamento, aunque fuese pequeño, en esa zona fue tu primera ambición. Casi deseabas que tu mamá y tu hermana se fueran lo antes posible a los Estados Unidos para poner en práctica tu plan. Una vez instalado, escribirías muchos libros e impartirías conferencias sobre Antropología del Arte Cubano, ¿o era Antropología Cultural? Y todo eso lo harías tranquilamente en tu apartamento nuevo, cerca de la avenida 23, con la resonancia del mar metida en tu creación; mientras tu madre te enviaba los dineros para que no acabaras comiéndote los libros; como el pobre Van Gogh, en sus accesos de hambre y locura, hiciera con sus pinceles allá en Arlés.

Entonces todo te parecía tan fácil. Tus amigos veían en ti a alguien con una certeza absoluta de su triunfo. Y te admiraban por eso. Todos ellos eran talentosos, pero inseguros. Tú, en cambio, tenías la convicción del conquistador. Nada se interpondría en tu camino... excepto tú mismo. Te creíste más próximo a la gloria de lo que realmente estabas. Te dejaste endiosar por los elogios, los privilegios, las supuestas libertades, las garantías y metiste la pata. Últimamente has pensado que se trató de una conspiración. Tus colegas te revolvieron la bilis con el recuento histórico de los desmanes del decano. Te pareció que te alentaban a hacer justicia, ahora que todos tenían derecho a opinar, a cambiar lo que debe ser cambiado. Y escribiste la carta fatal, con toda tu agudeza crítica. Cuando la bomba estalló lo primero que casi te mata de decepción fue ver a todos tus colegas, esos mismos que rumiaban su descontento en los pasillos, en el comedor, en las happy hours, hacerse a un lado y permitir que la bola de fuego llegara directo a tus manos. Dejaron que te quemaras vivo. Aquellos brillantes catedráticos que a diario te cubrían de lisonjas y te invitaban a tertulias que iniciaban en temas de cultura y terminaban en cotilleos de peluquería, se revelaron como unos seres apocados, cobardes sin remedio.

Ahora mismo recordabas, saboreando los casquitos de guayaba, especialidad de La Mechu, cuando tu amigo el vikingo, conocedor de tu desgracia, te dijo medio en broma, medio en serio, que aquella partida de viejos te había dado cuerda para que te atrevieras y ver qué pasaba. Algo así hubiera sido una canallada; pero bien mirado, es posible que tus añosos colegas se hubiesen valido de ti, de tu espíritu prometeico para convencerse de que habían hecho bien en quedarse callados.

La Mechu miraba no muy convencida la solución que Osmán había diseñado para el motor del agua. Pero como no era muy exigente se dio por satisfecha; en todo caso el corrientazo lo cogería Yulisán, quien tenía asignada la tarea de cebar y conectar el aparato. Luego de casi una hora de insistencia, tres vueltas de dulce de guayaba y la promesa de cervezas gratis, La Mechu logró que Osmán aceptara ir a la valla de gallos esa noche. Él accedió por curiosidad científica. Quería presenciar lo que sucedía en ese espacio legitimado por la tradición, prohibido por el estado revolucionario y organizado ilegalmente por conciudadanos impenitentes, que son las peleas de gallos.

El evento, porque eso era, sin dudas, se organizaba una vez al mes en el solar de Rigo: un vasto terreno cercano a La Rosita, rodeado de negocios ilegales, improvisados para la ocasión. Osmán acudió cuando la tarde aún no se decidía a morir y proyectaba sobre el olvidado municipio de San Miguel del Padrón una opacidad violácea. En el centro de lo que dos días antes era un terreno yermo, tres carpinteros daban los retoques finales a una valla de poco más de un metro de altura. Luisito, el bolitero, acumulaba las esperanzas de los paisanos finalistas, que garabateaban cualquier número en un trozo de papel y le confiaban cientos de pesos arduamente ganados a lo largo del día. La mayoría ponía al 11 una hemorragia de dinero. Osmán registró sus bolsillos y encontró veinte pesos. Una súbita inspiración lo hizo decidirse por el 99, el gallito, un número impopular, pero hoy a él le gustaba. "Sí. Todo al fijo. Los veinte". Luisito le aconsejó poner al menos un peso corrido, para recuperar la inversión; pero el conquistador se negó.

Papito y El Mudo abrieron sus tenderetes, que no por pobres dejaban de estar muy bien provistos: todo tipo de rones cubanos, whiskey, tequila, vodka y cerveza, nacionales para los humildes, importadas para los excéntricos. La fonda del Negro pulsó la alegría colectiva con sus emanaciones cárnicas. Esa noche las mujeres no cocinarían en casa. Allí estaban todos, desperdigados en aquel gran espacio de socialización: ellas poniéndose al corriente en cuestiones de moda y recabando información sobre los altibajos del euro; ellos disponiéndose a aventurar hasta el último centavo en el colosal gallo espirituano que, según se decía, no perdía en las vallas desde principios de año.

Desde lejos Osmán divisó a La Mechu y a La Tíntiri, que venían riendo a carcajadas.

Embelesado con el vaivén de caderas de la primera y la gracia desbordada de la otra, no pudo evitar preguntarse cómo sería estar con esas dos pirañas en la cama. Realmente necesitabas tener sexo, y urgente. La falta de contacto físico placentero era el camino más expedito para devolverte a tus angustias. Ahora mismo sentías un raro bienestar en ese lugar proscrito donde todos te saludaban, te preguntaban por los tuyos con sincera preocupación y los hombres que pasaban por tu lado te extendían la mano, te palmeaban el hombro cariñosamente y te presentaban a los desconocidos como el doctor del Mirador. Sí, Osmán; aunque en secreto habías renegado siempre de tu barrio, allí te querían bien. Con esas personas sencillas, que no abrigaban otra pretensión que la de sobrevivir cada día, reías a menudo. Desde hacía algún tiempo, mientras se te agotaban la paciencia y la esperanza aguardando la fecha bendita en que te irías de Cuba definitivamente, sentías la necesidad de entender a la gente de tu barrio, como una urgencia para sentirte mejor contigo mismo.

Recuerdas que los vecinos te creyeron loco cuando supieron que rechazaste la visa. Ninguno te dijo nada, pero tu actitud fue la comidilla del arrabal durante buen tiempo. Todos te observaban, impresionados y dubitativos. Quizás se preguntaron qué luz te habría conducido a tomar una decisión tan descabellada. Qué augurio, invisible para todos, te había sido revelado.

Bendecían tu aché y te respetaban. La ingenua fe popular, que usualmente trastoca esperanzas en garantías, los llevó a considerarte una especie de héroe. Encontrar un hombre cuya voluntad alcanzara cotas como las que tú venciste, era una gran inspiración para las pobres gentes que permanecían en Cuba porque no les quedaba más remedio.

La mano de La Mechu tironeándote los pelos te hizo regresar a la tremenda batahola que se había armado con la llegada de un joven de Artemisa, que traía un gallito avileño en su regazo. El diminuto animal era todo blanco, con salpicaduras de un azul intenso en la cola y las alas, y una gran mancha naranja en forma de escudo que se extendía por su gallardo pecho. Exhibía unas espuelas duras, afiladas, casi tan largas como el apéndice delantero. A Osmán le gustó nada más verlo y volvió a forrajear en sus bolsillos, pero esta vez no salió un céntimo.

-Te presto cien pesos —dijo La Mechu agitando a Céspedes en tus narices-. Si gana el gallito vamos a la mitad; si pierde, mañana vas a comer a mi casa.

Porque estabas harto de escabullirte, o porque tenías la certeza de que el gallito vencería, aceptaste el trato con La Mechu, que te miró con cara de quien saborea de antemano una ansiada victoria. Desapareció, precedida por La Tíntiri, entre la multitud que apresuradamente ocupaba lugar alrededor de la valla. Minutos después la viste circulando, ágil, con dos bandejas enormes, una en cada mano, repletas de cócteles y cervezas.

El coloso espirituano llegó. Un gallo grande y robusto de color carmelita que, orgulloso, esponjaba las plumas. Al ruedo saltaron los contendientes y comenzaron las apuestas. El reguetón se alzó por encima de los enardecidos visitantes, para ponerle presión al hervidero. A unos cien metros, dos carros patrulleros cerraban la principal vía de acceso al solar. Por sus servicios, Rigo pagaba a cada policía tres mil pesos, comida gratis y una caja de cerveza. Todo quedaba en casa.

Los gallos se atacaron con ferocidad. Tú no podías quitarle los ojos de encima al gallito avileño, que a los primeros compases quedó cubierto de sangre. A tu espalda sentiste el calor de La Mechu, que te ofrecía una cerveza mientras te tocaba el brazo con la fruición de quien desea acariciar algo más, todo lo demás. Sin perder de vista al maltrecho animal, animado por la cerveza alemana que escurría una deliciosa excitación por tu torrente sanguíneo, te decidiste a preguntarle.

-¿Tú también crees que fui un comemierda por no haberme ido?

-Claro que sí –contestó ella, como si no tuviera la menor importancia-. Lo primero que pensé cuando tu hermana me lo contó fue que habías perdido el juicio. Bueno, eso fue lo que todo el mundo pensó. Tú no lo entiendes porque tienes esa cabeza llena de ideas locas que solo a ti se te ocurren; pero le dijiste "no" a la oportunidad que anhelan miles en este país, familias enteras: la posibilidad de cambiar tu vida en 45 minutos, de saber que tienes perspectiva de futuro, de pensar en grande. Llegué a creer que eras imbécil, chivato, seguroso...

Osmán se echó a reír. Hace tiempo, alguien le contó que solo uno de sus ex compañeros de claustro trató de interceder por él, alegando que la expulsión era una medida excesiva para un profesor tan joven. Algo así lo marcaría para toda la vida. Y exactamente eso sucedió. Bastó la firma de cierto encumbrado personaje que ni siquiera se detuvo a considerar las posibles repercusiones, y te viste convertido en un paria. Tu caída se conoció en todas partes, engrosada con las ominosas invenciones de quienes siempre vieron en ti a un temible rival. Nadie te ofreció trabajo. Nadie se arriesgó por ti.

La voz de La Mechu se hizo audible por encima del barullo general.

-Nunca he sabido por qué lo hiciste. Pero te vi tan alegre y conforme, tan lleno de aspiraciones, caminando con el orgullo por delante. Tu coraje, tu optimismo me hicieron sentir diferente, pensar diferente. Sí, porque algo muy bueno tuviste que ver en esta Cuba para querer quedarte. Y cuando intentaba descubrir en mí algo parecido a esa cosa que te hace tan especial, me encontré un día con tu mirada sin luz, con tu derrota. Y no me digas que fue porque la estirada te dejó. Yo sé que tú no sufres por esas cosas. Algo o alguien dio muerte a tu sueño, torció tu proyecto de vida. Y a ti te cambiaron. No sé qué andabas persiguiendo por esos caminos oscuros, pero no valía la pena. Lo único imperdonable es que por avivar una chispa que otros dejaron morir, hayas ofrecido tu propio fuego a la tempestad. Y no me mires así; las putas también leen poesía.

Espoleado por la honestidad de La Mechu, evocaste aquella conversación con un profesor de la universidad, quien inopinadamente se sentó a tu lado una vez terminada la ceremonia de graduación y, solapada tras un consejo, te dejó caer la advertencia. "Eres un tipo talentoso, apuesto, competitivo; pero tienes un problema: te falta humildad".

El profesor no tenía idea de cuán proféticas eran sus palabras. Pero tú las has revisitado cada día desde que te arruinaron la vida en Cuba. Sí, porque ahora solo piensas en irte, pero no lo harás sin sentir el sobresalto del que huye; esa sensación de estarte escabullendo como una rata, mientras dejas un trozo de esperanza y voluntad en cada tentativa por salir de tu maldita circunstancia. Tan emponzoñado estás de resentimiento, que no te importará trabajar en una factoría cuando finalmente alcances la otra orilla. Ahora estás dispuesto a todo; pero tú también estás escapando. No de esta economía de mierda, ni de la incertidumbre, ni de la locura, sino de algo peor: estás huyendo de ti mismo. Consecuente como debe serlo un hombre ante las decisiones que toma, nunca has pedido nada a tu madre ni al resto de tu familia. Y solo Dios sabe cuánta falta te han hecho tantas cosas, o que te escuchen simplemente. Has conocido el hambre, la amargura, la soledad, la desesperación, el arrepentimiento y los deseos de morir. Ahora no tenías la menor duda: la tía Naty tuvo razón todo el tiempo.

La algarabía de los asistentes, casi todos borrachos a esas alturas, lo rescató en su descenso. El gallito avileño, ensangrentado y sin ojos, picoteaba el cuello de su rival muerto. Ante la estupefacción de los mirones, el minúsculo ejemplar deshecho dio unos pasos renqueantes, abrió las alas como si le fuera dado volar y murió.

Osmán no olvidaría el temple del gallito ciego. Ni la noche en que arriesgó sus únicos veinte pesos y perdió; pero los cien de La Mechu se convirtieron en diez mil y aunque quedó exonerado de la cena en casa de la trigueña superchera, insistió en ir por el dulce de guayaba. Aquella noche Osmán vio a un hombre perder 300 mil pesos sin hacer el menor mohín; a todo el barrio refocilarse en la abundancia de aquella bacanal fuera de la ley; y a La Mechu que desde niño lo perseguía, ofrecerle la enésima cerveza michelada en sus labios.

La imagen del ave muerta desapareció tras la espalda espléndida de la joven y él se dejó hundir en su cuerpo. En tanto no viera la luz al final del túnel, ella dibujaría contrastes en su vida. Porque más allá de la acritud cotidiana y del peso de sus errores, Osmán eligió vivir.

www.ingramcontent.com/pod-product-compliance
Lightning Source LLC
Chambersburg PA
CBHW032112170626
46808CB00008B/3034